Ocurrió en el Pueblo de San Mateo

Una Historia de Imaginación, Valor y Redención

Por

A. E. Marta

Este libro es una obra de ficción.

Las ideas teológicas aquí expresadas no son necesariamente las de Divina Misericordia (Divine Mercy Press) prensa o su personal.

©2011 by Adalberto Marta
Cover photo by Adalberto E. Marta
Sun Graphic courtesy of WP Clipart

Cataloging in Publication data
Marta, A. E.
Ocurrió en el Pueblo de San Mateo: Una Historia de Imaginación, Valor y Redención by A. E. Marta
p. cm.
Trade Paperback ISBN 978-0-9755471-5-1
First Printing November 30, 2011

✠ Divine Mercy Press ✠
3216 Mission Avenue, Suite 138, Oceanside, California, 92058
5319 Willis Avenue, Dallas, Texas 75206

For more books by Divine Mercy Press, see
http://www.DivineMercyPress.com
or Email us at divinemercy@hypersurf.com

Ocurrió en el Pueblo de San Mateo

Una Historia de Imaginación, Valor y Redención

Por

A. E. Marta

✝ Divine Mercy Press ✝
Oceanside, California
Dallas, Texas

Reconocimiento

Para Doris Elaine Sauter, mi redactora y editor. Mil gracias por la inspiración, persistencia y la fe. Gracias a Miriam Mijares Santana por su ayuda, apoyo y confianza. Gracias a Arcie Guerra por creer en la historia y en mi.

Este libro es dedicado a todos los jovenes en todas las esquinas del mundo, especialmente a todos aquellos que fueron y siguen siendo marginados por una sociedad que rechaza todo lo que no entiende.

"Si sobresalgo, es porque estoy parado en los hombros de todos aquellos que llegaron antes que yo."

—Proverbio Africano

EL PRINCIPIO

Esta historia ocurrió hace mucho tiempo en un pueblo muy lejos de aquí. Ocurrió en los tiempos del antaño, en un lugar lleno de gente sencilla. Ocurrió en un pueblo lleno de tranquilidad donde el día llegaba lentamente abrazado por un sol radiante, y la noche, para presumir, llegaba tapada con millones de estrellas brillantes de diferentes colores.

PARTE 1

La iglesia daba la cara a la plaza y era el edificio más alto del pueblo. Las paredes blancas estaban manchadas de amarillo y café oscuro; resultado de los rayos del sol y las lluvias. Las calles empedradas eran largas y anchas y extendían el ruido de las pesuñas de los caballos, vacas y burros que pasaban por ella. Las casas con las puertas de madera gruesa y ventanas con rejas de color oscuro, se conectaban unas con otras. Los techos eran de tejas de barro ya descoloridas por el paso del tiempo.

En el centro del pueblo, muy temprano por las mañanas, mujeres y hombres llenaban la plaza en busca de verduras y carnes para las comidas del día.

Por otro lado del pueblo, el ruido de los motores de gasolina anunciaba la marcha de los molinos de maíz. Mujeres de diferentes edades, con sus vestidos de falda larga y tapadas de la cara con sus rebozos oscuros para protegerse del frío, entraban y salían por los portones de los molinos. Con una mano sosteniendo sus rebozos y con la otra cargando sus baldes llenos de masa, las mujeres partían rumbo a sus casas, listas para tortear las primeras tortillas del día.

La calle principal que daba a la salida del pueblo se empezaba a llenar con gente antes de que el día lanzara su primera luz. Por el centro de la calle, personas a caballo con sombreros de paja y chamarras de mezclilla con el cuello subido para protegerse del frió, se trasladaban a los pueblos vecinos. A paso rápido los arrieros con sus varas de madera delgada, conducían sus grupos de burros. Los arrieros partían rumbo al cerro vecino a cortar leña. Al final del largo día, los burros regresaban cargados con montones de leña seca. Ya acomodada en manojos la leña se vendía después en la plaza. La leña servía para hacer las comidas del día. Uno que otro perro perdido, cruzaba la calle olfateando la banqueta, buscando comida y un lugar donde descansar.

La torre de la iglesia con lentas campanadas, anunciaba la marcha de la mañana. Así era el pueblo y la gente de San Mateo.

PARTE 2

La familia Ortega vivía a las orillas del pueblo en una casa con paredes gruesas de adobe, pintada de blanco y con un techo de teja de color rojo vivo. Dos macetas de barro de mediana altura, repletas de plantas de diferentes colores adornaban la puerta. Las ventanas que daban a la calle tenían un marco de metal con cuadros pequeños de vidrio de color azul oscuro.

Atrás de la casa, en el corral, vivían las aves y animales. El cerdo, separado de los demás, gruñía mientras comía de su canaleja. Las cuatro vacas y los dos caballos masticaban su alfalfa; sus colas se movían suavemente, espantando una que otra mosca perdida. Un pato pardo manoteaba sus alas mientras que las gallinas picoteaban el suelo buscando comida. El único gallo, parado en una vara, quiquiriqueaba anunciando la mañana.

Muy temprano por las mañanas, con machete en mano y con el azadón al hombro, Rómulo salía rumbo a la huerta a desyerbar la milpa.

Rómulo, como su padre y abuelo, había nacido en San Mateo. Tenía 32 años de edad. Su pelo corto y oscuro, combinaba con el color de sus ojos.

Ángela, la esposa de Rómulo, había nacido en el pueblo vecino de Santa Clara. Tenía 29 años de edad y era también de tez morena. Su pelo largo y de color café, casi le tocaba la cintura. Tenía los ojos color café y la nariz afilada. Rómulo y Ángela tenian once años de casados y en ese tiempo habian procreado dos hijos.

Catalina, de casi cinco años de edad, era madrugadora. A temprana hora andaba atrás de su madre jalándole la falda del vestido, pidiendo cosas que hacer.

Ayudaba a hacer el almuerzo, acarreaba la leña y andaba aprendiendo a darle de comer a los animales. Catalina tenía el mismo color de pelo que la madre, pero en el semblante se parecía a su padre. Javier, de diez años, estaba en el quinto año de primaria y era el responsable en darle de comer a los animales antes de partir a la escuela. Javier había heredado la misma cara de su madre. Como su padre, Javier usaba pantalones de mezclilla, camisa blanca y huaraches.

Mientras desyerbaba la milpa, Rómulo pensaba en lo que podía hacer con el dinero despues de vender la cosecha. Una mitad del maíz cosechado seria para venderlo a la gente del pueblo en cantidades pequeñas. Con la venta de la otra mitad del maíz podían comprar más animales y hacerle reparaciones a la casa y a la huerta. El tamaño de la milpa indicaba que venta del maíz al municipio este año iba a ser a precio alto.

En casa, Ángela también pensaba en la venta de la cosecha. Añoraba visitar a sus padres que todavía vivían en Santa Clara. Ángela estaba segura que si la cosecha era buena, toda la familia podía tomar unas merecidas vacaciones.

PARTE 3

El incidente empezó a desarrollarse un año antes, cuando Javier tenía nueve años. A Javier le fascinaba levantarse temprano y ver salir el sol por las mañanas. Todas las veces que podía se levantaba temprano y después de hacer las labores en su casa y almorzar, salía rápido rumbo al Cerro de la Campana.

El frió de la mañana lo despertaba y lo llenaba de energía mientras caminaba. Cuadras antes de llegar a la escuela estaba la vereda que conducía al cerro. Antes de llegar a la vereda, aflojaba el paso, se detenía y volteaba para todos lados. No quería que nadie lo viera subir. En la punta más alta se sentaba sobre un peñasco donde esperaba los primeros rayos del día.

Desde esa altura podía ver la torre de la iglesia, la plaza y las gentes que caminaban por las banquetas. A esa hora el paisaje era casi en blanco y negro. Lentamente, el sol hacía su aparición y en cuestión de segundos, bañaba el pueblo y los alrededores con un esplendor mágico.

Javier tenía miedo de las bromas de los estudiantes de la escuela. Muchos podían pensar que ver el sol salir en la punta de un cerro era una estupidez, por esa razón no quería que nadie lo viera subir el cerro por las mañanas.

PARTE 4

Un mañana, cuando Javier ya había cumplido los diez años, despertó más temprano que de costumbre. Abrió los ojos y notó que se sentía diferente. Acostado en su cama, miró alrededor de su cuarto.

Todo estaba en su lugar pero había algo raro.

El cuarto y los muebles tenían un color más vivo. Había más luz que de costumbre, pero no era luz de la luna. Había algo diferente.

Despacio se puso su ropa, los huaraches y salió al corral. Los animales estaban dormidos, descansando.

No había ruido.

Miró alrededor y sintió un poco de miedo.

A paso lento se regresó a su cuarto. Sin quitarse la ropa se volvió ha acostar y sin saber que más hacer, cerró los ojos.

Después de un corto tiempo, los volvió a abrir. Quería que las cosas regresaran a lo normal. Pero todavía se sentía raro y veía su cuarto diferente.

Minutos después, Rómulo y Ángela empezaron a platicar en la cocina. Rómulo se estaba alistando para salir a trabajar y Ángela empezaba a hacer el almuerzo. Con la platica de sus padres el miedo que sentía se empezó a disolver.

Se levantó de la cama y regresó al corral a darle de comer a los animales. Más tarde fue a la pila de agua y se hizo el aseo. Después entró a la cocina donde su madre estaba haciendo el desayuno.

-*¿Qué haces tan temprano, mijo?*- Preguntó Ángela un poco sorprendida.

-*Nada, amá,*- le respondió Javier nervioso.

-*¿Estás bien?*- Le preguntó su padre.

-*Si . . . Me levanté temprano porque ya me llené de dormir,*- dijo Javier con menos nervios.

-*Siéntate. . . Te voy a servir el almuerzo,*- le indicó su madre.

Sin contestar, se sentó.

Después de tomarse su taza de canela, Rómulo se levantó y puso la taza vacía en el pretil. Le dio un beso en la mejilla a Ángela y le tocó suavemente la cabeza a Javier.

-*Nos vemos a medio día,*- les dijo Rómulo, colocándose el sombrero de paja.

-*Adiós, mi amor,*- contestó Ángela.

-*Adiós, apa,*- dijo Javier.

Al salir de la puerta de la cocina, Rómulo agarró su machete y el azadón y partió a la huerta.

Ángela le sirvió de comer a Javier.

Con la comida enfrente, Javier empezó a comer despacio. No podía comprender lo que estaba pasando. Mientras comía las luces débiles del nuevo día empezaban a salir. Sin pensarlo comió más rápido y terminó de almorzar. Se levantó de la mesa, le dio un beso en la mejilla a su madre, agarró la bolsa que tenía sus materiales escolares y se fue rumbo al Cerro de la Campana. Algo adentro de él le estaba diciendo que fuera al cerro.

Su madre empezó a decir algo pero ya era muy tarde; Javier ya había partido. Esta vez no se detuvo antes de tomar el camino que conducía al cerro. Antes de llegar a la cima se puso a pensar en lo que estaba pasando.

-*Nada tiene sentido,-* comentó.

Con calma esperó la salida del sol. Cuando el día empezó a lanzar sus primeras luces, se paró, y se acercó a la orilla del camino. Cuando el sol salió, y sin saber por qué, extendió los brazos y cerró los ojos; tenía miedo que la luz del sol le lastimara la vista. Cuando el sol ya ganaba altura, abrió los ojos lentamente. Cuando miró sus manos se sorprendió.

¡Sus manos estaban tapadas por dos esferas relucientes!

Dándose valor, acercó las esferas a su cara. Las esferas eran perfectamente redondas, del tamaño de un balón de fútbol. Adentro de las esferas, corrientes de colores lentamente daban vueltas. Los colores se mezclaban unos con los otros, como las pequeñas corrientes de agua de un arroyo que se enciman unas con las otras.

La luz que surgía de las esferas era más fuerte que la de las lámparas de los postes de la plaza, pero no le molestaban la vista, ni tampoco le dañaban la piel.

Las esferas parecían no tener peso. Tampoco eran transparentes porque no podía ver sus manos. Las preguntas se empezaron a formar en su mente.

¿Qué son estas cosas?

¿Cómo las agarré con las manos?

¿Por qué no me quema la luz?

¿Por qué me está pasando a mi esto?

Después de varios segundos reaccionó.

-*¡Tengo que hacer algo con las esferas. Alguien puede venir y ver lo que esta pasando!-* Dijo en voz alta.

Se acordó que a unos cuantos metros atrás había una cueva pequeña. Caminó con pasos lentos por la vereda y cuando llego a la cueva puso las esferas en el suelo, enfrente de la pequeña entrada.

Las esferas no se movieron.

Con cuidado se agachó y de rodillas entro a la cueva. Con las manos removió piedras y con una rama seca limpió la cueva lo mejor que pudo. La cueva estaba más grande de lo que parecía. Con poco temor, puso las esferas adentro de la cueva, cerca de la entrada. Tapo la entrada con unas piedras grandes que encontró. Después busco mas ramas secas y las recargo enfrente de las piedras. No quería que nadie descubriera las esferas.

Con una rama pequeña borró las huellas de sus huaraches, regresó la rama a su lugar, y empezó el camino de regreso.

-*¿Y ahora, qué voy hacer con las esferas?*- Se dijo mientras caminaba por la vereda de regreso a la escuela.

-Las esferas deben de ser parte del sol. Algo me llamó al cerro a ver las luces del día.- Concluyó Javier cuando llegó a la escuela.

Después de esa primera vez, Javier regresó bastantes veces más al cerro a colectar esferas. Nadie sabía lo que estaba haciendo; ni su familia, ni sus amigos. Nunca contó el número de esferas que estaba coleccionando, pero después de casi un año, la cueva estaba llena de esferas.

PARTE 5

Un lunes por la mañana Javier entró a la escuela por el portón principal con ganas de ver a sus amigos y a la maestra Aguirre. En el patio todos los estudiantes ya empezaban a formarse en líneas.

Todos los lunes la escuela empezaba con una corta asamblea. Los estudiantes se formaban enfrente de la puerta de sus salones. Eran cinco líneas. Empezando con el primer grado y terminando con el quinto, todos se formaban por estatura. Exactamente a las siete de la mañana el director de la escuela, el honorable señor Cuevas, hacía su aparición. Con una cara seria y con paso lento pero preciso, caminaba hacia el patio de la escuela, en donde se encontraba la bandera.

Sin esperar ningún aviso y con una precisión de soldados, todos los estudiantes se daban la media vuelta. Despues, dandole la cara al director y con la mano derecha sobre el pecho, empezaban el juramento a la bandera. Todos en coro gritaban y juraban amor y respeto a la bandera y a la madre patria. Después de unas cuantas palabras de aliento de parte del director, fila por fila, todos los estudiantes comenzaron a entrar a sus salones.

La escuela era administrada de manera estricta por el director Cuevas y su esposa Jovita, la maestra del cuarto año. A pesar de la rigidez de los maestros, la escuela era un lugar especial para los estudiantes. La escuela enseñaba más que números y letras. La escuela instruía responsabilidad, respeto y honestidad. Para Javier y sus amigos, la escuela era una segunda casa.

PARTE 6

Después de haber colectado las primeras esferas, Javier tenía deseos de compartir su secreto, pero no sabía por dónde empezar. Esta mañana, después de bajar del Cerro de la Campana, se dio ánimos y decidió platicarles a sus compañeros de clase y a la maestra Aguirre, lo maravilloso que era para él ver el sol salir por las mañanas.

Primero pensó platicarles lo maravilloso que era ver salir el sol por la mañana. Después, si nadie se burlaba de él, les podía platicar de las esferas escondidas en la cueva.

Mientras la clase se alistaba a salir a comer al patio, Javier les platicó sus visitas al cerro: la caminata hacia la cima, la anticipación y la llegada del sol.

Con una sonrisa y un tanto nervioso, esperó los comentarios de sus compañeros de clase; quería algo positivo, especialmente de parte de sus amigos.

Nadie dijo nada.

Después de unos largos segundos el silencio se hizo más denso. Con una lentitud agonizante y con cara de confusión, Efrén fue el primero en hablar.

-*¿Qué tiene de divertido ver el sol salir por las mañanas? Eso es como oír bramar a toros y a vacas a cada minuto . . . ¿Qué no?*-

Con sarcasmo, Rubén agregó: -*Es también como oír a los gallos quiquiriquear todo el día.*-

Antonio nomás aventó una carcajada.

Sus amigos de infancia, David, Jonás y Rigoberto, guardaron silencio. Sus caras, igual que las de los otros estudiantes, no reflejaban ninguna opinión.

Lastimado, Javier se quedó callado. No supo qué contestar.

La maestra Aguirre se levantó de su silla, decepcionada por los comentarios negativos de los estudiantes.

Con voz fuerte les dijo, *-Por favor, muchachos, no le falten el respeto a su compañero.-*

Dándole la cara a Javier añadió: *-Trata de no hacerle caso a esos comentarios tontos. Yo por mi parte te agradezco el haber compartido las cosas que son importantes para ti.-*

Lentamente se acerco a Javier y en voz baja le explicó, *- No todos pueden entender lo que a ti te gusta o lo que tú sientes. Pero si algo es importante para ti, ¿Qué importa lo que digan los demás?-*

Javier, con la vista baja, nomás movió la cabeza. Como de costumbre, solamente la maestra le ofreció palabras de ánimo. Quería entender las palabras pero el dolor que sentía en el pecho no lo dejaba. Se sentía traicionado, especialmente por sus amigos que no salieron a defenderlo.

PARTE 7

Pasaron los meses sin ningún contratiempo. Javier dejo de pensar en las esferas y se concentro nomás en la escuela. Tiempo después, el día más esperado estaba a punto de llegar. Todos esperaban la fiesta de la escuela.

El primero de junio se celebraba en San Mateo el Día del Maestro. Cada año la escuela del pueblo se vestía de gala. Para la gente del pueblo el Día del Maestro era algo más que una celebración; era un carnaval que todos celebraban y un evento en donde todos participaban.

Desde muy temprano la escuela se convertía en una kermés. Padres de familia acomodaban mesas y sillas alrededor del patio principal de la escuela. A mitad de la mañana, las mesas ya estaban repletas de familias comiendo tamales, tostadas, pozole, tacos y sopes, comida tipica del pueblo. La carne que se usaba en los platillos era cortesía de las carnicerías locales.

Los platillos de comida y los frascos grandes llenos de aguas frescas eran preparados y servidos por los dueños de los restaurantes del pueblo.

Aparte de ayudar con los arreglos de la escuela, las piñatas y las rifas, cada familia donaba un peso por la comida y el agua fresca que consumían. La gente del pueblo cooperaba con mucho entusiasmo ya que la fiesta era una vez al año.

En la mitad del patio, con los cinco centavos listos, estudiantes de diferentes edades esperaban pegarle a la piñata.

Mientras hacían cola, muchos de los estudiantes gritaban:

-*¡Pégale abajo, tonto!*-

-¡Enfrente! ¡Enfrente!-

-¡Cómo son torpes!-

¡Ya quítense!-

-¡Ya fueron cinco, ya le tiró cinco veces!-

Los que no gritaban estaban listos para recoger los dulces que caían cada vez que alguien le tumbaba una parte a la piñata. Cuando alguien le pegaba, los gritos de los estudiantes eran ensordecedores. Amontonados, los estudiantes se parecían a las hormigas cuando salen de su hormiguero: todos enredados, tirando manotazos y patadas por todos lados.

Enfrente de las mesas de comida, en la plataforma donde estaba la bandera y el micrófono, un grupo de músicos tocaba canciones de diferentes estilos. El ritmo de la música era contagioso: muchos movían las piernas al compás de la música, otros cantaban mientras continuaban con su labor.

En la entrada de la escuela se encontraba una mesa larga donde se hallaban los regalos que los padres de familia entregaban a la administración y a los maestros del plantel.

Exactamente a las dos de la tarde el alcalde del pueblo hizo su aparición. Todos lentamente pararon de hacer sus actividades y guardaron silencio. Con su típico sombrero de paja, botas vaqueras de color oscuro y chaleco de piel color café, el alcalde caminó hacia el micrófono y sin esperar a nadie, y con sombrero en mano, empezó a decir el juramento a la bandera.

Después vino el famoso discurso. Por once largos y dolorosos minutos, habló de cosas que nadie entendía. Como siempre, mencionaba a los ciudadanos, a la patria, el progreso, la unidad y otras cosas que no tenían nada que ver con el evento escolar. Después de su arenga y con su mejor sonrisa política, saludó a los padres de familia.

Después de alejarse del micrófono, se sentó en la mesa principal donde también se iban a sentar los maestros y demás miembros del cabildo.

Después del discurso político del alcalde, la maestra Aguirre pasó al micrófono y anunció que Javier Ortega iba a leer su poema al maestro.

Con el miedo en la garganta, Javier tomó el micrófono, miró a la concurrencia y empezó a recitar.

-Hoy, en este Día del Maestro,
con mucho gusto yo me ofrezco,
a rendir homenaje . . . -

Cuando terminó Javier de leer el poema, la multitud aplaudió con entusiasmo. Todavia con nervios pero con una sonrisa en la boca, Javier llegó con sus padres. A los pocos minutos David, Jonás y Rigoberto se unieron y con cariño le palmearon la espalda.

Sonriendo, Ángela le agarró la cara a Javier y le dio un beso en la frente.

-Escribiste un poema muy bonito, mi amor. Estamos muy orgullosos de ti.-

Rómulo sonriendo, levantó la mano derecha y con ella despeinó a Javier. Después abrió la mano izquierda y le mostró dos monedas de cincuenta centavos.

-Agárralas, mijo. Te las ganaste.-

Javier agarró las dos monedas. Nunca había sostenido tanto dinero.

-Gracias, apá.-

Volteando con sus amigos les dijo: -*¡Vamos a pegarle a la piñata!-*

Y se fueron los cuatro corriendo.

El festejo fue un día largo para todos los padres de familia, pero la causa era justa: Los fondos que se iban a recaudar del festival eran para el mantenimiento y las reparaciones de la escuela.

PARTE 8

Después de un largo año escolar, la clase buscaba con ansías las vacaciones de verano. Ya estaban a la mitad del mes de junio. La única preocupación de todos los estudiantes era el primer año de secundaria que se avecinaba.

Un viernes por la tarde los estudiantes de la clase presumían adonde iban a viajar en las vacaciones de verano.

-Nosotros vamos a ir a la capital por una semana; después nos vamos a pasear por el Lago de San Lorenzo, y luego vamos a comprar tres caballos y el más bonito va a ser pá mí,- comentó Antonio, el hijo de uno de los carniceros del pueblo.

-Pues a mí me van a comprar dos bicicletas,- aseguró Rubén. Después agregó,

-Una va a ser de marca Raleigh y la otra Phillips.- La familia de Rubén eran dueños de dos restaurantes.

-¡No seas mentiroso, si te compran una bicicleta, va a ser una Cóndor!- Alguien gritó. La marca de bicicletas Cóndor era la más corriente.

Efrén se paró y anunció a todos: *-Mi padre va a comprar un camión grandote para vender y comprar vacas. Y después en ella nos vamos a ir de paseo.-* Efrén era hijo de un ganadero.

Rubén se paró y le preguntó al resto de la clase: *-¿Y ustedes qué van hacer?-*

Era entendido que la palabra *"ustedes,"* iba dirigida a los hijos de los trabajadores del campo. En ese grupo estaban Javier, Jonás, David y Rigoberto.

Nadie dijo nada.

Todos bajaron la vista y guardaron silencio. Todo mundo sabía que las familias de los campesinos no podían darse esa clase de lujos.

Efrén se arrimó con Antonio y con un tono de burla le dijo, -*Con suerte les van a comprar huaraches con suelas de llantas General Popo. Así las suelas no se les va acabar cada dos meses.-*

-*¡Con esas suelas van a poder frenar mejor!-* Dijo Rubén, burlándose.

Quizás fue el dolor de la vergüenza que sentía, o la desesperación de no saber qué más hacer, lo que hizo que Javier se parara y se defendiera de las burlas de los estudiantes.

-*Ustedes nomás están presumiendo y lo están haciendo por insultarnos. ¿Para qué se hacen? Nadie de ustedes va a comprar ni bicicletas, ni camiones. Los huaraches yo los uso porque mis padres me los compran y porque me gustan. A mí no me da vergüenza usarlos.-*

Efrén, sin esperar a nadie, le contestó: -*Uyyy, miren a este. Quieras o no quieras, eres un huarachudo.-*

-Huarachudo o no, él es más listo que tú,- dijo David, en defensa de Javier.

-Yo prefiero ser huarachudo que un burro con botas,- comentó Jonás.

Rubén iba a decir algo pero Rigoberto se levantó de su pupitre y lo cortó en seco:

-Ya estoy cansado de las mensadas de todos ustedes.-

Parándose enfrente de ellos, agregó: -*Al que no le gustó, que le ponga . . . Aquí mero. ¿Qué? . . . ¿Nadie?-*

En ese instante entró al salón la maestra Aguirre. Todos tomaron asiento y guardaron silencio. La maestra recorrió el salón con la vista, después puso los libros y papeles que venía cargando en su escritorio.

-Tengo una idea de lo que ustedes estaban discutiendo, pero me gustaría que alguien me lo

explicara,- preguntó la maestra Aguirre con tono seco.

Todos miraban el piso.

-¿Rigoberto, por qué retaste a Rubén?- La maestra se puso las manos en las caderas, dando a entender que su paciencia estaba llegando al borde.

-Es la misma tontería de siempre, maestra,- dijo Rigoberto.

Y apuntándole a Rubén, agregó: *-Estos tarugos se quieren burlar de nosotros, nomás porque ellos tienen . . . -*

-¡Tarugo tu abuelo!- Respondió Rubén ofendido, sin dejar que Rigoberto terminara de hablar.

Rigoberto, con la cara enrojecida, se adelantó un paso y cerró los puños.

-¡Cállense!- Gritó la maestra, con una voz que ni ella misma reconoció.

-Les he pedido bastantes veces que no se insulten por tonterías y lo siguen haciendo . . . ¿Por qué?

La maestra volvió a cruzar los brazos, y con una voz lenta pregunto:

-*¿Qué se ganan todos ustedes con humi-llarse?-*

La pregunta quedó flotando en el aire.

-*¿Se hacen más listos?-*

-*¿Se hacen más ricos?-*

Despacio, la maestra empezó a caminar por el centro del salón y después de tomar unos segundos para concentrarse, empezó a hablar, *–De todos ustedes:*

¿Quién vale más?

¿Qué grupo es más listo?

¿Qué grupo es más tonto?-

Nadie contestó porque sabían que la pregunta era retórica.

La maestra se acercó a Rubén, a Efrén y a Antonio.

-*A ver muchachos, por favor explíquenme lo siguiente: ¿Qué se ganan con presumir el dinero que tienen sus padres? ¿Por qué se burlan*

de los estudiantes que usan huaraches en vez de
zapatos caros, como los que usan ustedes?-

La maestra hizo pausa, porque quería
que sus palabras hicieran mella en los
estudiantes.

-Si sus padres tienen un negocio y ganan el
dinero suficiente para que todos ustedes puedan
vivir cómodamente, qué bueno. Pero el hecho de
vivir cómodamente no les da el derecho de venir a
presumir y tratar de sentirse más hombres que los
demás. Tener algo que los demás no tienen y
presumirlo, es egoísmo. Y eso está muy mal,
porque el egoísmo puede traer serias
consecuencias.-

Dirigiéndose a Javier, a David y a
Jonás, la maestra les dijo: -Ustedes también son
culpables de lo que está pasando en el salón.
Cuando Javier o David sacan buenas
calificaciones, a ustedes les gusta presumir, y con
eso dan ustedes a entender que los demás
estudiantes del salón son tontos, y eso también
lastima.-

Con las palmas de las manos unidas y enfrente del pecho, como queriendo rezar, la maestra se dirigió a Rigoberto.

-*Y tú, Rigoberto, tienes que calmarte más. Si no le encuentras solución a un dilema, para ti la única salida son los golpes. Y eso también está mal, porque estas atemorizando a tus compañeros.*-

La maestra se regresó al escritorio. -*Las humillaciones y las amenazas tienen que parar, si no todos van a pagar las consecuencias.*

La maestra agarró el montón de papeles que tenía en su escritorio y se dirigió a la clase. —*Se finaliza el año escolar la próxima semana y estos papeles contienen estrategias que les van a servir en la secundaria. Quiero que todos las completen durante las vacaciones.*-

La maestra empezó a repartir la tarea.

Después de dar las instrucciones, la maestra empezó a recoger papeles de su escritorio.

Después de guardar sus materiales todos los estudiantes caminaron lentamente a la salida de la escuela.

Javier, Rigoberto, David y Jonás fueron los últimos en salir. Afuera de la escuela, cerca de la entrada, estaban Rubén, Antonio y Efrén. Los tres se estaban riendo de algo y cuando salió Javier, la risa subió de nivel.

Los cachetes de Javier se empezaron a calentar.

-*¡Ya no estamos en la escuela, así que pónganle desgraciados!*- Gritó Rigoberto, tirando los libros al suelo y caminando rápido hacia el grupo. David alcanzó a Rigoberto y lo jaló del brazo. -*¡No les hagas caso! No valen la pena.*-

-*David tiene razón*-, agregó Jonás.

Javier recogió los libros del suelo, los sacudió y se los entregó a Rigoberto. Aunque le dio buena cara a la situación, Javier se sentía lastimado. Las palabras de la maestra tenían buenas intenciones, pero las palabras no le quitaban la mancha que él sentía por dentro. En su alma él entendía que la palabra *"campesino,"* quería decir pobreza. Le dolía sentir vergüenza el saber que tanto él, como su familia, fueran campesinos.

La vergüenza le apretaba el pecho.

Sin titubear, Javier se dirigió al grupo de estudiantes. *-¿Saben qué? Tengo algo que vale más que todo el dinero que tengan ustedes. Algo que vale más que todo el dinero del pueblo.-*

Después de decir esas palabras, Javier sintió un poco de alivio. El pecho ya no le apretaba tanto.

-Ja, ja, ja, ja,- empezó a reír Efrén. *-¿Qué puedes tú tener que valga la pena? Nada. Tú no tienes nada-*.

Después se dejó oír la risa de los demás.

Apoyado por su nueva valentía, Javier volvió a la carga. *-Lo que tengo es tan especial que no se puede comprar.-*

-Está bien, te vamos a seguir el juego. ¿Qué es eso que tienes qué es tan importante?- Antonio respondió, claramente jugando.

Javier se quedó parado con una sonrisa de oreja a oreja. *-¡Lo que tengo es increíble!-*

Exasperado, Rubén mordió el anzuelo. *- Te apuesto a que no tienes nada.-*

Efrén y Antonio apoyaron a su amigo. *-Tienes razón, son puras mentiras.-*

Todavía sonriendo, Javier decidió darles la sorpresa, pero primero hizo pausa.

-Lo que tengo son pedazos del sol. Son esferas del tamaño de un balón de fútbol. Las tengo escondidas en un lugar cerca del Cerro de la Campana.-

Todos se quedaron boquiabiertos. Nadie puede agarrar el sol. Nadie puede tocarlo, mucho menos quitarle un pedazo.

Todos estaban pensando lo mismo: *-Javier está diciendo mentiras.-*

Como si les estuviera adivinando las mentes, Javier declaró: -*Las agarro cuando sale el sol. Tengo más de un año juntándolas.*-

Antonio fue el primero en hablar: -*¡Estás tonto!*-

Volteando a ver a David, agregó, -*Mira, ni tus amigos te creen.*-

Javier no perdió el ánimo. -*Sabía que no me iban a creer. No los culpo. Pero tengo pruebas. Mañana nos vemos al pie del Cerro de la Campana a las diez de la mañana. De allí todos caminamos juntos hasta la cueva donde tengo los pedazos del sol guardados.*-

Jonás se arrimó y le dijo: -*Javier, ¿Estás seguro de lo que estás diciendo?*-

- *Sí.* - contestó Javier sin inmutarse.

-*¡Vénganse! Vamos a ver si todavía encontramos a la maestra. Hay que decirle lo que esta pasando,*- dijo Efrén. Y los tres partieron de regreso al salón.

Javier se arrimó a sus amigos. —*No se preocupen. Nos vemos mañana*-.

A paso lento se dio la vuelta, y partió rumbo a casa, dejando a sus amigos parados y sumamente confundidos.

PARTE 9

El sábado Javier se levantó a la misma hora que de costumbre. Con el sol ya librando el horizonte, el día anunciaba con ser hermoso; el cielo no tenía más que un azul claro y el viento apenas se notaba.

Mientras le daba de comer a los animales y a las aves, Javier empezó a repasar por su mente como quería que reaccionaran los estudiantes esa mañana.

Primero, se iban a reunir al pie del cerro, después vendrían las preguntas y las dudas de todos, luego iban a caminar a la cima del cerro y finalmente, ¡La gran sorpresa!

Después de ver todas las esferas que había ocultado por bastante tiempo, Javier anhelaba que todos los estudiantes se quedaran pasmados. Ver a todos boquiabiertos seria la venganza más dulce.

Después de hacerse el aseo, fue a la cocina a almorzar. A esa hora su padre ya había partido a la huerta y andaba dando las últimas desyerbadas y acomodando los surcos de tierra de la milpa. Las lluvias que se avecinaban en los próximos días eran valiosas para los campesinos. Pocas lluvias y el maíz no crecía; las raíces se secaban y se podía perder la cosecha. Mucha lluvia y las milpas se inundaban.

La lluvia tenía que caer en cantidades casi perfectas.

Como siempre, la cocina olía a fruta, a comida y a canela hirviendo. La mamá de Javier se encontraba en frente del comal haciendo el almuerzo y viendo por la ventana para afuera donde se encontraba Catalina jugando. Con la ayuda de su gato Catalina andaba correteando a las gallinas.

-Buenos días, mijo. ¿Cómo amaneciste?- Preguntó Ángela sin dejar de tortear.

El sonido que las manos y la masa producían cuando su madre hacía las tortillas todas las mañanas, era sagrado. El olor de tortillas recién hechas le despertó más el hambre.

-Bien, ama,- contestó Javier tomando asiento.

Sin dejar de trabajar, Ángela siguió hablando, *-Se ve que andas de muy buen humor. Te vi platicar con los animales esta mañana. También te oí chiflar una canción.-*

Javier sonrió. Anoche pensó por un instante platicarles todo a sus padres pero decidió mejor hacerlo hasta después de que bajaran del cerro. Sin perder la sonrisa, Javier empezó a decir solamente parte de lo que iba a ocurrir esa mañana.

-Me siento contento porque dormí bien y porque vamos a ir al Cerro de la Campana. Es como una excursión.-

Su mamá dejo de hacer tortillas y sorprendida, se volteó. *-¿Por qué no avisaste que la escuela iba a tener una excursión? ¿Tienes que llevar algo de comer?-*

-Lo siento amá, pero se me olvidó.- La mentira le dolió; nunca les había mentido a sus padres. *—No necesito comida, no vamos a durar mucho tiempo en el cerro.-*

Más relajada, Ángela continuó haciendo el almuerzo. *-Qué bueno, mijo. Me da gusto que salgan afuera del salón. ¿A qué van a ir al cerro?-*

-La maestra Aguirre quiere enseñarnos las plantas que crecen en el cerro.- La respuesta salió hueca. La mentira se estaba haciendo más complicada. Tenía miedo de enredarse con todo lo que estaba diciendo.

-¿También los va a acompañar el director Cuevas?- Ángela envolvió las tortillas en una servilleta de material grueso para mantenerlas calientes y las puso en el centro

de la mesa. Después puso un plato con comida y un vaso lleno de jugo de naranja.

-No amá, nomás la maestra Aguirre. Nos vamos a juntar todos al pie del cerro a las diez de la mañana y después vamos a subir todos juntos. No vamos a durar mucho tiempo.- Ya no quería contestar más preguntas, las mentiras le estaban pesando.

Ángela sonrió. *-Está bien, mijo. Aquí esta tu almuerzo. Anda . . . Empieza a comer.-*

Javier se arrimó al plato y empezó a comer.

Ángela notaba con satisfacción los cambios de su hijo. Con asombro notaba como la boca, los ojos y la nariz, le estaban cambiando. La cara de un niño, día tras día, se transformaba en la cara de un adolescente.

-Dios nos dio un buen hijo,- repetía seguido.

A las 9:45, Javier salió de la casa lleno de confianza. Cuando dio la vuelta en la primera calle se sorprendió cuando vio a la maestra Aguirre acompañada de sus amigos y de varios estudiantes de la escuela. La maestra se adelantó y lo encontró a poca distancia del grupo. Se paró enfrente de él y con una sonrisa, la maestra lo tomó por los hombros.

-Me platicaron los estudiantes lo que les dijiste ayer. Hablé con todos esta mañana y quedaron de acuerdo en que no tienes que demostrar nada. Me imagino que andabas muy molesto por las cosas que se expresaron ayer en el salón, por eso les prometiste a todos que les ibas a enseñar algo importante. Nomás te quiero decir que no tienes que explicar nada a nadie.-

Sin pensar mucho en la respuesta, Javier contestó de buena manera. *-No se preocupe maestra, todo está bien. Sí me molestó lo que los estudiantes dijeron ayer, pero lo que les voy a enseñar a todos, es también muy importante para mí.-*

La maestra esperó unos segundos antes de continuar. -*Javier, ¿Les vas a enseñar pedazos del sol?*-

-*Sí, maestra,*- respondió Javier sin titubear.

-*Es imposible agarrar pedazos del sol. El sol sale todos los días, nos da luz y luego se va. La rotación de la tierra . . . La altura . . . No podemos agarrarlo . . . Es imposible.*-

La frustración se empezó claramente a dibujar en la cara de la maestra. Le tenía cariño a Javier, pero lo que él estaba prometiendo, no tenía lógica. Javier iba a quedar en ridículo. Todos se iban a burlar de él. Javier se iba a lastimar y no sabía cómo ayudarlo.

-*¿Estás seguro de que quieres subir al cerro con los demás estudiantes?*-

-*Si, maestra.*- Fue la única respuesta.

Resignada, la maestra lo tomo por el hombro y dijo, -*Está bien.*-

Cuando llegaron con los demás estudiantes, las caras de ellos reflejaban diferentes cosas. Sus amigos tenían cara de preocupación. Los presumidos, Antonio, Efrén y Rubén, tenían los primeros rastros de una sonrisa sarcástica.

Las caras de los demás estudiantes no mostraban nada.

Javier empezó a hablar: -*Vamos todos a caminar hasta la cima, pero antes de llegar, está un lugar donde están guardadas las esferas. Sé que ustedes no me creen, pero después de que vean las esferas van a cambiar de opinión. Yo me voy al frente para enseñarles el camino.-*

Sin dar la oportunidad de hacer preguntas, Javier empezó la marcha por la vereda que conducía a la cima del cerro.

Jonás, David, y Rigoberto, pensaban que Javier quería desquitarse de las burlas de ayer, pero no iba a poder hacerlo porque las esferas no existían.

Los presumidos estaban seguros de que Javier iba a quedar en ridículo, pero todavía no adivinaban de qué forma.

A los demás les daba igual. Esferas o no esferas, ellos venían nomás por hacer bola.

La maestra ya no sabia que pensar.

Cuando llegaron a la cima Javier les enseñó a los estudiantes y a la maestra la roca donde él se sentaba a ver el día nacer.

Olvidando por un momento las esferas, los estudiantes quedaron impresiónados por el paisaje: los árboles y plantas de color verde oscuro, la torre de la iglesia desteñida por los años, las tejas rojas de las casas y las calles empedradas.

-Aquí es donde yo espero que salga el sol. Es difícil explicar pero nomás en ciertos días puedo venir y agarrar pedazos del sol.- Javier se dio la vuelta y empezó a caminar de regreso por la vereda. A unos cuantos metros se detuvo enfrente de un paredón. En el centro

del paredón estaban recargadas varias ramas de hojas secas. *–Aquí, atrás de estas ramas, es donde guardo las esferas. Agarro las esferas allá arriba y luego vengo y las pongo adentro de la cueva que está aquí.-*

A esta altura Javier ya no esperaba preguntas de nadie. Era obvio que nadie le creía, pero pronto las dudas se iban a esfumar.

Lentamente empezó a mover las ramas secas. Nadie se acomidió a ayudar; todos estaban parados atrás de él, viéndolo trabajar. Nadie quería perderse ningún detalle. Después de mover las ramas, se arrodilló. Nomás faltaba remover las piedras. Se detuvo unos segundos. Con las dos manos movió las piedras.

El corazón le dio un brinco. La cueva estaba oscura.

El brillo familiar de las esferas no estaba. Agachado metió parte de la cabeza a la cueva. Después de varios segundos su vista se aclimató a la oscuridad.

La cueva estaba vacía.

Se quedó inmóvil. El pánico lo paralizó. Por su mente pasaron miles de cosas. Quería encontrar la lógica de la situación pero no podía. Necesitaba algo que pudiera explicar la desaparición de las esferas. Nada tenía sentido.

-¡Alguien se las robó!- Gritó con espanto.

Se paró y se sacudió el polvo del pantalón. El pánico se convirtió en pena. Volteó a ver al grupo de estudiantes y una capa líquida le empezó a tapar la vista. Las lágrimas se empezaron a formar. Se sentía traicionado por alguien o por algo.

La maestra fue la primera en hablar. *—Es hora de irnos. Muchachos, empiecen a caminar, en unos minutos los alcanzo.-* Nadie protestó. Todos empezaron el camino de regreso.

Con una voz tierna le habló a Javier. - *Te voy a acompañar a tu casa.-*

Javier no pudo contestar.

-No hay necesidad de hablar. Yo solo quiero acompañarte.- dijo la maestra.

Silencio.

-Contéstame, por favor,- insistió la maestra. *-No quiero dejarte aquí solo.-*

Con lágrimas en los ojos le indicó a la maestra, *-No quiero dejar la cueva destapada. Yo me puedo ir solo. Gracias por todo maestra.-*

La maestra movió la cabeza y dijo, - *Está bien, nos vemos el lunes.-* Y despacio empezó también a seguir el camino de regreso.

Después de limpiarse las lágrimas, tapó la entrada de la cueva. Se sentó en su piedra favorita por un largo rato. Tenía la mente en blanco y no quería pensar en nada. De repente, se sentía cansado. A paso lento tomó la vereda rumbo a casa. Había pasado bastante tiempo y tenía miedo que sus padres estuvieran preocupados por él. Tenía mucho que explicarles a sus padres, especialmente a su madre y no sabía por donde iba a empezar.

PARTE 10

Cuando llegó a su casa el aspecto de su cara lo delató. Rómulo y Ángela se quedaron sorprendidos por la apariencia de su hijo. Los dos estaban sentados en la mesa del corredor, pelando naranjas y jícamas. Catalina estaba ayudando. La cara llena de tristeza, los ojos rojos y el pantalón con polvo anunciaban algo serio.

Lo que les llegó a la mente primero fue un accidente. Quizás se cayó de un animal.

Después pensaron en un pleito. Pero bien sabían que su hijo no era un muchacho de violencia.

Ángela se paro y fue a recibirlo. *-¿Qué te pasó mijo?-* Sin esperar respuesta lo abrazó contra su pecho. Lo detuvo por unos segundos.

Sus instintos de madre le avisaban que algo serio estaba pasando.

Rómulo se paro a un lado de Ángela. Los dos se vieron la cara, como tratando de adivinar qué estaba pasando con su hijo.

Sintiéndose protegido por su madre, soltó el llanto. Lloraba por la vergüenza de las esferas; por haberse avergonzado de su familia, y por las mentiras.

Rómulo le toco la cabeza con su mano y le empezó acomodar el pelo.

-*¿Tuviste un accidente?*- Preguntó Ángela con ansias.

Javier movió la cabeza a los lados.

-*¿Te peleaste con alguien?*- La respuesta fue la misma. Ángela y Rómulo respiraron con más tranquilidad.

-*¿Tuvo esto que ver con la excursión de esta mañana?*-

La respuesta fue positiva.

-*¿Nos quieres platicar lo que te pasó?*-

Javier se desprendió de su mamá y con voz tímida contesto, -*No.*-

-*¿Tienes hambre?*-

La respuesta otra vez fue negativa.

Ángela le agarró la cara entre sus manos y se le quedó viendo. Le limpió las lágrimas con sus manos. Sonriendo le dijo, -*No se qué pasó en el cerro, pero nos da gusto que estás bien. Vete a la pila a limpiarte y luego te vas a descansar. Más tarde si quieres, podemos platicar y cenamos todos juntos. Anda, vete a limpiar esa cara.*-

Rómulo le agarró la cabeza, lo acercó contra el y le dio un beso en la frente. -*Al rato platicamos, mijo.*-

Ángela y Rómulo regresaron a la mesa a seguir pelando la fruta. Catalina aprovechó que todos estaban hablando para comerse dos rebanadas de jícama. Cuando se sentaron sus padres, Catalina les preguntó, -*¿Qué tiene Javier, mamá?*-

-Nada, mi amor. Javier está un poco cansado. Anda, sigue comiendo.-

Después de limpiarse la cara, Javier se fue a su cuarto. Sin quitarse los huaraches se acostó en la cama. Estaba cansado. Después de cerrar los ojos, el agotamiento lo envolvió en un sueño pesado.

Tiempo después, cuando Ángela pensó que Javier podía tener hambre, fue a su cuarto a decirle que la cena ya estaba lista, pero encontró a Javier dormido y sin desvestirse. No quiso despertarlo. Agarró la colcha que estaba al pie de la cama y lo tapo.

-Hay mucho tiempo para platicar mañana,- pensó mientras salía del cuarto.

PARTE 11

Javier durmió como nunca. Se levantó con ánimos. A esa hora el cielo se estaba llenando de nubes. -La lluvia ya viene,- pensó, mientras recogía un manojo de alfalfa. Después de darle de comer a los animales se fue a hacer el aseo. A paso lento se arrimó a la pila de agua. Mientras se lavaba la cara, las dudas empezaron a destilarse en su mente.

¿Qué tal si mis padres no me perdonan?

Con un aliento menos valiente y con el mismo paso con el que llegó, se retiro de la pila de agua y caminó hacia la cocina. Como siempre, la cocina olía a tortillas recién hechas y a canela. En la cocina, Ángela estaba de espaldas preparando una taza de canela, mientras que Rómulo atizaba el fuego. Sin saludar, Javier tomó asiento.

Sin voltear, Ángela habló: -*¡Buenos días, mijo! ¿Quieres un blanquillo, o dos?-*

Javier no contestó. Con las manos en la mesa y con una mirada triste, Javier empezó a perderse en sus pensamientos.

Ángela dejó lo que estaba haciendo y se dio la vuelta. Se limpió las manos en su mandil y se sentó a un lado de Javier. Rómulo se sentó enfrente de ellos.

Sin decir nada, Ángela le agarró las manos a Javier, con ternura empezó a peinarle los pelos sueltos de la frente y con voz de madre preguntó: -*¿Qué tienes mijo? ¿Qué pasó ayer en el cerro? Escúchame, pase lo que pase, somos tus padres y nunca te vamos a dejar de querer. Puedes platicar con nosotros de lo que tú quieras y nosotros vamos a tratar de ayudarte . . . ¿Me entiendes?-*

Con el corazón pesado, Javier empezó a platicarles todo de la manera que él entendía. Les explicó con detalles la primera vez que vio su cuarto iluminado por luces extrañas. Con emoción platicó como ver salir el sol lo llenaba de serenidad y energía. Apoyado por las sonrisas de sus padres, habló de la primera vez que se paro al filo del cerro y sostuvo la primera esfera del sol. Habló del miedo que sintió y de lo increíble que era sostener una pieza del sol. La sonrisa desapareció de su cara cuando explicó la soledad que lo envolvía el saber que él tenía un secreto que no podía revelar.

La siguiente parte fue difícil. Con los ojos en su padre y luego en su madre, platicó de las burlas de los otros estudiantes en el salón. De los entrones que se daban sus amigos y el, contra los otros estudiantes. De como la maestra Aguirre trataba de mantener la paz entre los dos grupos. Con honestidad y dolor, reveló la vergüenza que sentía cuando les decían *"huarachudos"* e *"hijos de campesinos"* a sus amigos y a él. Como le dolió el alma al avergonzarse de ser hijo de campesino. Reconoció que fue la venganza y el egoísmo lo que lo forzó a invitar a los estudiantes al Cerro de la Campana a ver las esferas. Y por último, como la envidia lo llevó a mentirles a sus padres.

Al final, pidió perdón por los malos actos.

La cocina se quedo silenciosa por unos segundos. El único ruido provenía de los animales que se movían en el corral.

Sosteniéndole todavía las manos y con la misma sonrisa de siempre, Ángela empezó hablar,

-No hay nada que perdonar. Soy tu madre y las madres nomás sabemos querer. Lo siento mucho por todos los momentos amargos por los que estás pasando. Lo siento que te sentiste tan solo por mucho tiempo y no estuvimos contigo en

tus momentos más difíciles. También me da pena el saber que no tuviste confianza en nosotros. En cierta manera nosotros también somos culpables por no haber hecho más preguntas, por no hablar más contigo, y quizás, por no darte la atención que tú te mereces. Pero te prometo que todo va a cambiar.-

Rómulo con las dos manos sosteniendo su taza de canela, esperaba su turno. Cuando Ángela terminó de hablar, Rómulo levantó la taza de canela y le dio un trago. Luego puso la tasa en la mesa y empezó hablar.

-La huerta que tenemos le perteneció a mis padres, a mis abuelos y a los abuelos de ellos. La huerta es sagrada para mí por dos motivos. Primero, porque la huerta es una herencia. Esa herencia me conecta con mis padres y con mis antepasados. La huerta le dio de comer a muchas generaciones pasadas y a nosotros nos a tratado bien. La segunda es que a mí nadie me forzó a ser campesino. Yo bien sabía que los campesinos dependen de muchas cosas para trabajar la tierra.

Ser campesino fue un riesgo que yo tomé, pero lo hice con bastante conciencia. Trabajar la tierra es el trabajo más honrado que yo conozco.-

El silencio volvió a llenar la cocina. Rómulo se paró y abrazó a Javier. Con ese abrazo quería transmitir todo el amor que sentía por el.

Javier sintió el pecho lleno de orgullo. Por primera vez vio a sus padres con otros ojos. Los vio como como lo que eran: gente honrada, llena de amor y de compasión.

-Yo no sé ustedes, pero yo tengo mucha hambre. Creo que por hoy ya platicamos bastante. ¿Vamos a comer?- Y con esas palabras, Ángela se dispuso a servir el almuerzo para todos.

Por allá como al mediodía, las nubes blancas empezaron a cambiar de color. No había dudas: la lluvia ya venia en camino.

Javier estaba en su cuarto revisando la tarea de verano, mientras que Rómulo andaba trabajando en el corral, reparando la cerca de alambre de los animales. Ángela le estaba leyendo una historia de un libro de fábulas a Catalina, cuando la maestra Aguirre hizo su aparición en la entrada de la puerta.

Ángela se levantó a recibirla. *-¡Buenos días, maestra! Pásele, por favor. ¿Cómo está usted?-*

-Muy bien, señora Ortega. Gracias por invitarme a pasar.- Contestó la maestra un poco nerviosa.

-Venga a sentarse, por favor,- dijo Ángela, apuntando a las sillas de la sala.

Agarrando a Catalina del hombro le dijo,- *Ve y avísales a tu padre y a Javier, que vino a visitarnos la maestra Aguirre.-*

Cuando ya estaban reunidos todos en la sala, la maestra fue la primera en hablar.

-Con el perdón de ustedes me atreví a venir a saludarlos y a ver cómo se encontraba Javier. Yo no sé si Javier les platicó lo que ocurrió ayer en el cerro . . . Me quedé preocupada.- La maestra sabía que se estaba metiendo en cosas

personales de la familia, pero moralmente tenía la responsabilidad de saber si su estudiante estaba bien.

Rómulo fue el que contestó esta vez. –*Muchas gracias por molestarse, maestra. Javier se encuentra bien. Esta mañana tuvimos una larga plática y Javier nos explicó todo.*

-*Pues me da gusto saber que todo está bien. Bueno, los dejo en paz. Es domingo y es tiempo de la familia; no es tiempo de atender visitas.-* La maestra se levantó de la silla y empezó a caminar hacia la puerta. Cuando estaban todos parados en la puerta, la maestra se despidió otra vez.

-*Dispensen la molestia y que disfruten del resto del día. Javier, nos vemos mañana-.*

La maestra le agarró la mano a Javier en forma de despedida.

Sosteniéndole la mano, Javier dijo con firmeza, -*Maestra, ya entendí lo que pasó ayer. Ya descubrí por qué no encontramos las esferas ayer en el cerro.-*

Ángela se paro enfrente de Javier y comentó, -*Javier, este no es el mejor momento para hablar de esto.*-

Sin inmutarse, Javier continuó, -*Con sólo verles las caras sé que no me creen. Y los entiendo. Pero nomás déjenme hablar. Ayer las esferas no aparecieron porque yo cometí un error. Yo los llevé al cerro para presumir. Quería que me tuvieran envidia; quería ser mejor que todos. Y la envidia me hizo echar mentiras y eso arruinó todo. La envidia hizo que las esferas desaparecieran. Entiendo que tengan dudas porque lo que les estoy diciendo no tiene sentido. Pero esta vez no digo mentiras. Y si vamos todos al cerro, les apuesto que esta vez si vamos a encontrar las esferas.*-

La sinceridad con que salieron las palabras les quitó parte de las dudas. Ángela vio primero a su marido y luego a la maestra. -*¿Vamos a ver?*-

-*Está bien,*- dijo Rómulo.

-*Pues vamos,*- agregó la maestra.

-_¡Catalina, agarra tu suéter y vente._- gritó Ángela.

-_¿A donde vamos?_- Preguntó Catalina.

-_A una excursión,_- fue la respuesta.

A paso lento caminaron todos por la vereda. Las nubes ya tenían un gris oscuro. No iba a tardar en llover. Javier iba enfrente, seguido por su madre y Catalina. Después venía la maestra y atrás Rómulo.

Cuando llegaron al paredón, todos se pararon enfrente de las ramas. Sin titubear Javier empezó a quitar las ramas, una tras otra. No tenía preocupaciones. Otra vez se arrodilló y con las dos manos lentamente movió las piedras que tapaban la entrada. El brillo familiar de las esferas salió de adentro de la cueva e iluminó el suelo y los pantalones de Javier. Con mucho cuidado, metió las manos adentro de la cueva y sacó dos esferas. Se paró y se las enseño a todos.

El grupo tenía cara de espanto. Catalina se escondió atrás de las faldas de su madre.

Sus padres y la maestra estaban mudos.

-*¡Dios mío!*- Fue lo único que se oyó.

Javier les dio las dos esferas a sus padres y se agachó a agarrar dos más, una para Catalina y la otra para la maestra. Cuando todos tenían una esfera, Javier empezó a explicar, -*Las esferas no queman, no pesan, dan mucha luz y si las dejamos solas por mucho tiempo pueden flotar.*-

-*¿Qué es está bola, mamá?*- Preguntó Catalina.

Nadie le contestó.

Con ayuda de todos Javier regresó las esferas adentro de la cueva. Tapó la entrada de la cueva con las piedras y ramas secas y borró las huellas que todos hicieron. Antes de partir, Javier le dijo al grupo, -*No se por qué puedo tocar el sol y agarrar las esferas. Tampoco se por qué fui elegido para eso. No sé, ni me imagino, para qué sirven las esferas, ni que vamos hacer con ellas.*

Cuando llegaron a la casa, empezaron a caer las primeras gotas de agua. Las lluvias habían llegado.

PARTE 12

El siguiente día amaneció lloviendo. La primera lluvia de la temporada llegó con calma. Pequeñas gotas de agua empezaron a mojar las tejas de los techos y las banquetas. En el corral de la casa de los Ortega, la mayoría de las aves guardaban refugio bajo el techo de lámina. Arriesgando mojarse, unas cuantas gallinas picoteaban el suelo buscando la comida. Las vacas y los caballos no tenían preocupaciones; masticaban lentamente la alfalfa, moviendo la cola de un lado para otro.

La lluvia no detuvo el ritmo de la gente del pueblo. Era lunes, primer día de la semana. Las señoras y las jóvenes a paso rápido entraban y salían de los molinos. El mercado se empezaba a llenar de gente.

Para los campesinos la primera lluvia del mes de julio era bienvenida. Las primeras gotas de agua anunciaban un buen principio. La temporada de lluvias era un tiempo de descanso muy merecido, pero también de preocupación. En años anteriores las primeras lluvias levantaron los ánimos de los campesinos. Después de las primeras lluvias hubo una corta pausa que ayudó a secar las tierras y dio tiempo a los campesinos para hacer reparaciones. Pero más tarde, después de varias semanas, las aguas ya no regresaron. Bastantes campesinos perdieron sus cosechas por falta de agua.

La última semana de escuela pasó sin muchas consecuencias para Javier. Las burlas esperadas de los estudiantes no hicieron mella y el apoyo de sus amigos y de la maestra siguió firme.

Los estudiantes presentaron sus trabajos manuales y todos recibieron altas calificaciones. Con lágrimas de emoción la maestra les dio las gracias a todos por su dedicación y les deseó lo mejor del mundo en la secundaria. A fines de la semana las esferas del sol eran sólo una memoria bastante tallada por el tiempo.

Como en años anteriores, después de las primeras lluvias, salió el sol. Llenos de esperanzas los campesinos regresaron a sus propiedades para hacer las reparaciones que fueran necesarias. Javier andaba contento ayudándole a su padre a desyerbar y a componer los surcos que las aguas habían tumbado. Las aguas habían caído en cantidades generosas; los surcos todavía retenían el color café oscuro que daba a entender que la tierra todavía estaba bastante húmeda. Gracias a esa humedad, las raíces se iban a desarrollar y hacer crecer a las milpas. Después de las reparaciones, lo que más necesitaban los campesinos era paciencia y mucha fe. Esperar las siguientes lluvias no era fácil.

Los siguientes dias pasaron lentamente y sin ningún contratiempo. Muy temprano por la mañana Rómulo esperaba el día tomando su taza de canela. Por la ventana de la cocina veía el horizonte esperando ver nubes o sentir corrientes de aire que anunciara un cambio del tiempo. Estar solo con sus pensamientos era importante para él. En la cocina, sentado a un lado de la ventana, y con su taza de canela en mano, dejaba volar su mente. Esos momentos de calma le ayudaban a analizar el futuro de la familia.

Las siguientes lluvias no tardaban en hacer su aparición y esperaba con ansiedad que vinieran. Las próximas lluvias tendrían que empezar ligeras para darle oportunidad a la tierra a absorber lentamente el agua. Si caía el agua muy rápido, los surcos se podían desbordar y el agua se desperdiciaba.

Después de tomarse la canela, Rómulo continuaba con las reparaciones de la casa. Este año tenía fe de que todo marchara bien y la tierra diera buenas cosechas.

Unos días después, mientras tomaba su canela, Rómulo recibió buenas noticias. Nubes ligeramente oscuras, empezaron a aparecer por el horizonte. Las lluvias se acercaban. Una sonrisa se formó en sus labios. La lluvia iba a terminar de hacer crecer el maíz. -*Bendito sea Dios-*, dijo en voz alta a una cocina vacía.

Poco después cuando entró Ángela a la cocina, Rómulo apuntó hacia las nubes y Ángela también se sonrió. Lentamente se abrazaron. Después de todo, parecía que las cosas iban a salir bien para los campesinos.

Las primeras gotas de lluvia cayeron un miércoles por la madrugada. Con la excepción de Catalina, toda la familia se levantó temprano. Ver la lluvia caer era algo que les fascinaba. Conforme avanzaba la mañana podían observar como las hojas de los árboles y las plantas, lentamente, se empezaron a limpiar del polvo, formando resbaladeros por donde se deslizaban las gotas de lluvia. Después siguieron las tejas de los techos de las casas. Pequeños chorros de agua rodaban por las tejas, librando la banqueta y cayendo al suelo empedrado, formando pequeños charcos de agua. La lluvia siguió cayendo el resto de la semana sin serias consecuencias. Un par de veces Rómulo revisó la milpa pero no encontró nada fuera de orden.

A fines de la semana la lluvia empezó a caer con bastante fuerza. Al principio nadie se preocupó. En las calles charcos grandes de agua se empezaron a formar. Pero la lluvia no detenía a la gente del pueblo; todos seguían con sus quehaceres. El sábado amaneció lloviendo a cántaros. El cielo estaba negro y parecía que la lluvia no iba a aflojar.

Mientras que compraba la comida del día en la plaza, Ángela platicó con otra familia de campesinos. Le informaron que los habitantes de la ranchería que estaba cerca del pueblo vecino estaban preocupados porque el Río de las Moras estaba creciendo. El río pasaba paralelo a la ranchería y al pueblo. Cuando llegó a su casa Ángela le platicó a Rómulo lo que le comentaron los campesinos. La casa de los Ortega y la huerta estaban en terreno elevado, retirado de cualquier peligro de inundación. Bastantes familias vivían en terrenos altos pero la mayoría tenían sus casas en terrenos planos. Los que más peligraban eran los habitantes del centro del pueblo. Si continuaba lloviendo con la misma fuerza, y sí el rió llegara a desbordarse, muchas casas del pueblo podrían salir dañadas.

Para el siguiente día la preocupación de la gente del pueblo era palpante. De acuerdo a los rumores, la gente de la ranchería estaba desesperada y no sabía que hacer. El río estaba creciendo a una altura alarmante. La gente que tenía sus casas en el centro del pueblo y alrededor de la plaza, empezó a alarmarse. Solicitaron ayuda al municipio y el alcalde, a su vez, pidió ayuda al estado. Nadie sabía qué hacer; el pueblo nunca había tenido esta clase de problemas. Con la lluvia encima, todos los habitantes estaban de acuerdo en algo: la lluvia que beneficiaba a todos, se estaba convirtiendo en un diluvio qué podía acabar con el pueblo.

PARTE 13

El domingo a medio día el alcalde convocó a los habitantes del pueblo a una reunión de emergencia. La gente se reunió en la escuela; el miedo y la frustración estaban estampados en la cara de todos. En varios lugares la gente no podía salir de sus casas, ya que las calles estaban cargadas de agua. El agua corría con bastante velocidad, poniendo en peligro a todos, especialmente a los niños y los ancianos. El alcalde pidió ayuda a todos, y por primera vez en su vida política, les habló con la verdad.

-*Me acaban de informar que el nivel de agua del Río de las Moras, esta llegando hasta el tope. Los rancheros están en peligro de perder sus casas . . . Y mucho más. Desgraciadamente, en este instante, no podemos hacer nada por ellos. No hay forma de evacuar a las familias, ni tampoco donde alojarlas. Nosotros también estamos en peligro de perder nuestras casas . . . Y mucho más. Si el río se desborda, la plaza y los alrededores se van a inundar. Los daños a la ranchería y al pueblo van a ser de grandes proporciones. Tenemos un día, o dos, cuando mucho, antes de que el río se desborde-.* El alcalde hizo pausa. Quería que todos entendieran la seriedad de la situación. Despacio les vio la cara a todos los concurrentes y lo único que encontró fueron fachas serias. *-Si alguien de ustedes tiene una idea . . . Este es el momento para compartirla.-*

Todos guardaron silencio. Después de un momento alguien gritó, *-¿Y el gobernador, por qué no puede ayudarnos?-*

-En estos momentos, nadie puede ayudarnos; ni el gobernador, ni el presidente, nomás nosotros podemos ayudarnos,- respondió el alcalde con un tono cortante.

Javier estaba pensando en las palabras del alcalde: ¡El pueblo se puede inundar en un día o dos!

Volteó a ver a todos los que estaban presentes, y detuvo la vista cuando vio a Antonio, a Rubén y a Efrén. Ellos vivían cerca de la plaza. Los insultos y las burlas ya no importaban. Lo que importaba era que nadie perdiera su casa, que nadie saliera lastimado.

A falta de voluntarios el alcalde exclamó, -*¿Nadie de ustedes tiene ideas?*-

Nadie dijo nada.

Javier se le arrimó a su madre. Ángela se agacho y Javier le dijo algo en el oído. La cara de Ángela registró sorpresa, pero después cambió. Ángela le susurró algo a su marido. Rómulo vio a su esposa y después a su hijo. Con una leve sonrisa en la boca, movió la cabeza de arriba abajo. Ángela se movió entre la gente hasta encontrar a la maestra Aguirre. A los pocos segundos las dos mujeres regresaron. Los cuatro se abrieron paso entre la gente hasta llegar al frente, cerca del alcalde. Rómulo levantó la mano, pidiendo permiso para hablar.

El alcalde levantó la mano pidiendo silencio a la concurrencia.

-Señores, la familia Ortega pide la palabra-.

Con pocos nervios Rómulo dio unos pasos al frente y empezó a hablar, - *Lo que les voy a decir quizá no tenga sentido para ustedes, pero todos nosotros creemos que puede dar resultado-.* Rómulo pidió a su esposa, a la maestra y a Javier que se unieran a él.

-Mi hijo Javier tiene cientos de esferas guardadas en una cueva en el Cerro de la Campana. Esas esferas son pedazos del sol. Dónde y cómo las consiguió, no es importante. Lo que es importante es que las esferas son pedazos del sol. Si todos los que nos encontramos reunidos aquí vamos a la cueva y las sacamos, podemos hacer que deje de llover. Todos juntos podemos dejar que las esferas floten y ya en el aire, se pueden

unir unas con otras y formar una esfera gigante. Despúes, con la luz que despida esa esfera, la lluvia puede parar-.

Nadie dijo nada. El alcalde se quedo con la boca abierta.

Rómulo se dio la vuelta y retó a la gente, *-¿Alguien de ustedes tiene una idea mejor?-*

- Yo creo que debemos de ir todos a ver sí hay alguna manera de prevenir qué se desborde el río. Poner sacos de arena . . . Lo que sea, pero no hay que perder el tiempo con tonterías,- dijo uno de los comerciantes del pueblo.

-¡Vamos mejor al río!- Gritaron varias personas.

-¿Alguien tiene otra idea?- Preguntó el alcalde, con una voz de desesperación.

Nadie dijo nada.

*-¿Quién nos puede ayudar?-*Preguntó Rómulo. *-Levanten la mano.-*

Los campesinos fueron los primeros que levantaron la mano.

Las Familias de Rigoberto, David y Jonás, se unieron a la familia de Javier.

Nosotros también queremos ayudar a la familia Ortega.- Dijo alguien.

La gente se dio la vuelta, buscando a las personas que habían hablado.

Lentamente un grupo de gente se abrió paso y se unieron a la familia Ortega. Eran las familias de Antonio, Rubén y de Efrén, comerciantes importantes del pueblo. Enseguida más comerciantes levantaron sus manos, indicando que tambien ellos querian ayudar. Por primera vez las familias de campesinos y de comerciantes estaban juntos, unidos por una misma causa.

No queriendo desperdiciar una oportunidad pólitica, el alcalde se unió al grupo diciendo, *-Pues, yo también quiero ayudar.-*

La familia Ortega salió primero seguida por los demás. Una tras otra, las familias iban en fila, siguiéndose unas a otras. Desde lejos, la gente parecía una oruga humana, ondeándose de un lado para otro. Cuando llegaron al pie del cerro, Rómulo pidió que todos se separaran y formaran una cadena. Todos iban a recibir una o dos esferas, y cuando vieran a los demás soltar las esferas, que hicieran lo mismo, pero muy despacio; que nomás las dejaran flotar.

Al llegar a la cima, Javier sacó las esferas de la cueva. Una tras otra, las esferas fueron cambiando de manos hasta llegar a las últimas personas que apenas se veían por la lluvia que no paraba. A lo lejos las esferas parecían linternas. Desde la cueva la columna de gente se transformó en una maravillosa serpiente eléctrica. Javier fue el primero en soltar su esfera. Luego siguieron las demás personas. Unas tras otras, las esferas empezaron a flotar y a tratar de unirse, como jaladas por un imán. Conforme chocaban y se unían, la luz de las esferas aumentaba en intensidad. La gente en silencio observaba el fenómeno. No entendían lo que sus ojos veían, y cuando todas las esferas quedaron unidas, la bola gigante empezó a dar una luz brillante y a ganar altura. Todos miraron para el suelo porque asumieron que la luz los podía dañar. Javier abrazó a sus padres. Un momento después, el griterío de la gente los hizo levantar la vista.

¡El pueblo estaba bañado de luz!

¡La bola gigante rompió las nubes y paró la lluvia!

La gente vitoreaba y se abrazaba. Todos estaban celebrando el fenómeno que había salvado al pueblo y a la ranchería. Todos duraron un largo rato observando la esfera gigante flotar.

Más tarde el alcalde se acercó a la familia Ortega y les dijo, *-No se lo que paso, ni quiero saber. En nombre del municipio, muchas gracias.*- Después de hablar estiró la mano para saludar a todos. Luego de saludarlos se persignó, se puso su sombrero y tomó partida. Dando pasos largos, empezó a hablar solo. *-Le voy a contar al gobernador lo que paso y le voy a pedir que construya una placa aquí en el cerro . . . Mejor que les haga una estatua . . . No, mejor una carretera con el nombre de la . . . A lo mejor . . . -*

La familia Ortega, la maestra y el resto del grupo, empezó a bajar del cerro y conforme descendían, la gente les aplaudían y los saludaban de mano. Cuando llegaron a su casa, los estaban esperando bastante gente. Antonio, Efrén y Rubén, junto con sus padres, se acercaron a Javier. *- Muchas gracias . . . Tú si eres un buen cuate,-* dijeron los estudiantes, saludándolo de mano.

Javier nomás sonrió. No había nada qué decir.

Después fue el turno de uno de los padres. *-Tanto el pueblo, como nosotros, estamos endeudados con todos ustedes. Estamos a sus órdenes. Muchas gracias.-*

Sonriendo David, Jonás y Rigoberto dijeron, -*¡Hijole, estuvo padre! Estuvo . . . De maravilla . . . Estuvo . . .* - Sin terminar de hablar, empezaron a caminar a su casa.

Unas tras otras, las familias se fueron retirando. Todos estaban cansados y también tenían ganas de revisar los daños que recibieron sus casas.

La maestra fue la última en despedirse. Abrazó y besó a Javier en la frente y le dijo, -*Gracias por todo. Fue una experiencia increíble.*-Luego partió rumbo a su casa.

A solas en la puerta de la casa, se vieron los unos a los otros: el pelo y la cara estaban mojados y llenos de tierra. Las camisas y los pantalones empapados de agua y los huaraches con capas gruesas de lodo.

-*Nadie entra a mi casa con esas fachas. Se me quitan los huaraches y nos vamos a bañar todos, empezando contigo, Javier,*-exclamó Ángela, con una sonrisa en la boca. Javier nomás meneó la cabeza.

Mientras Javier se bañaba, Ángela fue a recoger a Catalina de la casa de los Hernández. La señora Hernández tuvo la amabilidad de cuidar a varios niños, dándoles oportunidad a bastantes familias de acudir a la reunión de emergencia qué había convocado el alcalde.

Rómulo fue a revisar la milpa. Para su sorpresa los daños fueron mínimos. El terreno estaba saturado pero la milpa sobrevivió el diluvio. Después de todo, la cosecha iba a estar buena.

Cuando regresó a su casa, Javier y Ángela ya se habían bañado. Le dio a Ángela las buenas noticias y ella nomás respondió, -*Bendito sea Dios.*- Cuando entro al cuarto de Javier, lo encontró dormido. Le acomodó bien las cobijas y le dio un beso en la frente.

En la madrugada un leve ruido despertó a Javier. Despacio abrió los ojos. El cuarto y los muebles tenían un color más vivo. El cuarto estaba iluminado por una extraña luz, pero no era luz de la luna. Javier sabía lo que estaba pasando. Despacio se sentó, acomodo sus cobijas, se volvió a acostar y se tapó hasta la cabeza.

Minutos después, el color desapareció y el único ruido fue el ronquido leve que hacia Javier cuando respiraba.

CONCLUSIÓN

Después del incidente la gente del pueblo aprendió a tratarse mejor. Las diferencias económicas entre los campesinos y comerciantes se hicieron más cortas, dando oportunidad a Javier y sus amigos de formar una amistad con los hijos de los comerciantes.

Después de un corto tiempo el fenómeno de las luces del cerro se empezó a quedar en el olvido. De vez en cuando, durante los tiempos de lluvias, alguien hacia un comentario y platicaban de cómo unas esferas mágicas salvaron el pueblo y la ranchería de un diluvio. Las luces raras no volvieron al cuarto de Javier o a la casa de otra familia del pueblo. Bastantes años después, el fenómeno quedó en el olvido. Y así terminó esta historia que ocurrió hace mucho tiempo en un pueblo lejos, muy lejos de aquí, en mi pueblo llamado San Mateo.